Textes intégraux

Conception graphique : Flammarion et Marie Pécastaing

Éditions Flammarion (n° L.01EJDN001074.N001)
87, quai Panhard-et-Levassor, 75647 Paris Cedex 13

Dépôt légal : mars 2015 – ISBN : 978-2-0813-4223-1
Imprimé en Asie par SCP en novembre 2014
Loi n° 49-956 du 16 juillet 1949 sur les publications destinées à la jeunesse

Le PÈRE CASTOR raconte ses contes du printemps

Père Castor • Flammarion

Sommaire

Le premier œuf de Pâques

Raconté par **Zemanel** ★ Illustré par **Amélie Dufour**

COCOTI, COCOTA !
Voilà que dans la basse-cour,
Poulette caquette de sa plus belle voix.
Elle vient de pondre son tout premier œuf.

Quel bonheur, quelle joie.
Zou ! Elle le glisse sous son aile.
Et vite, elle court, trotte et vole hors du poulailler.
Vite, si vite que son œuf glisse
et tombe dans la mare aux cochons.

Oh non !
Le voilà couvert de boue !

Poulette se précipite, le ramasse,
le remet sous son aile et court, court…

– Où cours-tu comme ça, Poulette ?
demande une grosse poule rousse.
– À la fête aux œufs,
montrer mon premier œuf !
– Vraiment ! Si j'étais toi, je n'irais pas.
Tu n'es pas assez expérimentée,
tout le monde va se moquer.
Cache ton œuf, crois-moi.

Mais Poulette ne l'écoute pas.

Elle court, trotte et vole vers la prairie.
Vite, si vite que son œuf glisse
et tombe dans un buisson.

Oh non !
Le voilà couvert de feuilles !

Poulette se précipite,
le ramasse,
le remet sous son aile
et court, court...

– Où cours-tu comme ça, Poulette ?
chante un joyeux rossignol.
– À la fête aux œufs, montrer mon premier œuf !
– Vraiment ! Si j'étais toi, je n'irais pas.
Ton œuf n'est pas assez fin, pas assez délicat ;
tout le monde va rigoler. Cache-le, cela vaut mieux.

Mais Poulette ne l'écoute pas.

Elle court, trotte et vole vers le ruisseau.
Vite, si vite que son œuf glisse
et tombe au bord de l'eau.

Oh non !
Le voilà couvert de sable !

Poulette se précipite, le ramasse,
le remet sous son aile et court, court...

– Où cours-tu comme ça, Poulette ?
questionne une grande autruche.
– À la fête aux œufs, montrer mon premier œuf !
– Vraiment ! Si j'étais toi, je n'irais pas.
Ton œuf n'est pas assez gros, voyons,
tu vas te ridiculiser. Cache-le, cela vaut mieux.

Mais Poulette ne l'écoute pas.

Elle court, trotte et vole vers la colline.
Vite, si vite que son œuf glisse
et tombe dans les fleurs.

Oh non !
Le voilà couvert de pétales
de toutes les couleurs !

Poulette se précipite, le ramasse,
le remet sous son aile et court, court…

– Où cours-tu comme ça, Poulette ?
interroge l'aigle royal, le plus fier des oiseaux.
– À la fête aux œufs, montrer mon premier œuf !
– Vraiment ! Si j'étais toi, je n'irais pas.
Ton œuf n'est pas un œuf de grande lignée,
tu vas choquer l'assemblée !
Cache-le, cela vaut mieux.

Mais Poulette ne l'écoute pas.

Elle court, trotte et vole jusqu'au sommet de la montagne.
Là où niche la reine des poules.
C'est elle qui désigne le plus bel œuf
à chaque début de printemps.

Il y a devant elle toutes sortes d'œufs.
Il y en a des petits et des gros, des minuscules et des géants,
des bleus et des gris, des blancs et des jaunes…
Jamais notre poulette n'en a vu autant.

Poulette pose à côté d'eux son œuf plein de boue,
de feuilles, de sable et de pétales de toutes les couleurs.
Le silence s'installe sur la montagne.
– Tiens, tiens, quel drôle d'œuf !
dit la reine des poules.
– Tiens, tiens, quel drôle d'œuf !
répète l'assemblée.

La reine des poules rentre sa tête, réfléchit,
ressort sa tête, regarde de tous côtés,
et déclare haut et fort :
– **COCOTI, COCOTA !** Le plus bel œuf de l'année est là.
– Bravo ! Bravo ! crie toute l'assemblée.

Poulette est applaudie, félicitée,
y compris par la poule rousse,
le rossignol, l'autruche et l'aigle royal.

L'œuf de Poulette a tellement été apprécié
que la reine des poules a décidé
que dorénavant, à chaque début de printemps,
les œufs devront tous être décorés.

La petite poule rouge

Raconté par **Anne Fronsacq** d'après un conte de la tradition
★ Illustré par **Madeleine Brunelet**

Une petite poule rouge grattait dans la cour
quand elle déterra un grain,
un beau grain de blé tout craquant.

– Qui va m'aider à planter cette graine ? dit-elle.
– Pas moi, répondit le canard.
Je dois aller nager dans la mare.
– Ni moi, répondit l'oie.
Il faut que je m'occupe de mes petits.

La petite poule rouge
demanda au chat :
– Veux-tu m'aider à planter
cette graine ?
– Non ! Non ! Pas moi,
répondit le chat.
Je n'ai pas le temps.
Je dois chasser les souris.

La petite poule rouge alla
trouver le dindon.
– Veux-tu m'aider à planter
cette graine ?
– Non ! Non ! Pas moi ! répondit
le dindon. Il fait trop chaud,
je préfère rester à l'ombre.

La petite poule rouge prit une grande pelle
et son chapeau de paille et s'en alla au jardin.
« Puisque c'est comme ça, se dit-elle,
je vais la semer toute seule ! »

Et c'est ce qu'elle fit.

La graine poussa très vite.
Et bientôt une belle tige bien droite sortit de terre.
Il était temps de l'arroser.

La petite poule rouge demanda :
– Qui veut m'aider à arroser l'épi de blé ?

– **Pas moi !** répondit le canard.

– **Pas moi !** répondit l'oie.

– **Pas moi !** répondit le chat.

– **Pas moi !** répondit le dindon.

La petite poule rouge attrapa un grand arrosoir
et le remplit d'une eau bien fraîche.
« Puisque c'est comme ça, se dit-elle,
je vais l'arroser toute seule ! »

Et c'est ce qu'elle fit !

Le soleil chauffait très fort,
et les grains de blé furent bientôt mûrs.

– Qui veut m'aider à les cueillir ?
demanda la petite poule rouge.
– **Pas moi !** dit le canard.
– **Pas moi !** dit l'oie.
– **Pas moi !** dit le chat.
– **Pas moi !** dit le dindon.
– Alors, je les cueillerai toute seule !
répondit-elle.

Et c'est ce qu'elle fit.

La petite poule rouge mit
les grains de blé dans une brouette
et les porta au moulin.

Le meunier moulut les grains
qui se transformèrent
en une belle farine
toute blanche et fine.

Quand elle rentra à la maison,
la petite poule rouge demanda :
– Qui veut m'aider à faire la pâte ?
– **Pas moi !** dit le canard.
– **Pas moi !** dit l'oie.
– **Pas moi !** dit le chat.
– **Pas moi !** dit le dindon.
– Alors, je la ferai toute seule ! dit la petite poule rouge.

Et c'est ce qu'elle fit.

Bientôt, la pâte fut prête à mettre au four.
– Qui veut m'aider à la faire cuire ?
demanda la petite poule rouge.

- **Pas moi !** dit le canard.
- **Pas moi !** dit l'oie.
- **Pas moi !** dit le chat.
- **Pas moi !** dit le dindon.
– Alors, je l'enfournerai toute seule !
dit la petite poule rouge.

Et c'est ce qu'elle fit.

Une fois la pâte cuite à point,
la petite poule rouge mit
la belle brioche dorée à refroidir
sur le bord de la fenêtre.

– Et maintenant, demanda la petite poule rouge,
qui veut m'aider à manger cette brioche ?
– **Moi ! Moi !** J'en veux ! cria le canard.
– **Moi ! Moi !** J'en veux ! cria l'oie.
– **Moi ! Moi !** J'en veux ! cria le chat.
– **Moi ! Moi !** J'en veux ! cria le dindon.
– Eh non, pas vous, je vais la manger
toute seule !
répondit la petite poule rouge.

Et c'est ce qu'elle fit…

Loup ne sait pas compter

Raconté par **Nadine Brun-Cosme**
★ Illustré par **Nathalie Choux**

Ce matin-là, Loup en a assez de courir après les lapins, les vaches et les cochons.
Ce matin-là, Loup a envie de jouer.
Alors, au premier loup qui passe, il crie :
– Eh ! Loup Gris ! On joue ?
– Chic ! dit Loup Gris. J'adore jouer ! Jouons à cache-cache ! Tu comptes jusqu'à dix, moi je me cache !

Tout content, Loup se met à compter.
– Un, deux, trois…
Mais voilà. Après trois, il ne sait pas.
– Eh ! crie Loup. Après trois, qu'est-ce qu'il y a ?

Mais Loup Gris est parti se cacher bien trop loin, il n'entend rien.
– Eh ! crie Loup encore plus fort. Après trois, qu'est-ce qu'il y a ?

Loup crie si fort que Lapin montre son nez.
Loup le connaît bien : il l'a beaucoup chassé sans jamais l'attraper !

– Tiens ! dit Lapin. Aujourd'hui tu ne m'attrapes pas ?

– Non, dit Loup. Aujourd'hui je compte.

– Et tu comptes quoi ? dit Lapin.

– Je compte quoi ? Je compte quoi ? s'énerve Loup. Je compte « Un, deux, trois ». Là, tu vois ? Mais… Lapin, dis-moi : après trois, qu'est-ce qu'il y a ?

– Après trois ? dit Lapin. Après trois, tu ne sais pas ?

Et Lapin se met à rire, à rire si fort
qu'il en tombe par terre.
– Ah ah ah ! Loup ne sait pas compter !
– Chut ! Pas si fort ! dit Loup, vexé.

Et il s'en va compter plus loin.

« Un, deux, trois… »

Passe alors Cochon.
Loup le connaît bien : il l'a souvent cherché sans jamais l'attraper.
– Tiens ! dit Cochon. Aujourd'hui tu ne m'attrapes pas ?
– Non, dit Loup. Aujourd'hui je compte !
– Et… tu comptes quoi ?

– Je compte, quoi, dit Loup qui s'énerve un peu.
« Un, deux, trois », je compte, tu vois. Mais… Cochon, dis-moi : après trois, qu'est-ce qu'il y a ?
– Après trois ? dit Cochon. Après trois, tu ne sais pas ?

Et Cochon part d'un grand rire, et il crie :
– Loup ne sait pas compter ! Loup ne sait pas compter !
– Chut ! fait Loup, très contrarié.

Et il s'en va compter plus loin.

« Un, deux, trois… »

C'est maintenant Vache qui montre son museau.
Loup la connaît bien : il l'a tellement guettée
sans jamais l'attraper.
– Tiens, Loup ! dit Vache. Aujourd'hui tu ne m'attrapes pas ?
– Non, dit Loup. Aujourd'hui je compte !
Tu vois bien : « Un, deux, trois ». Voilà, je compte.
– Un, deux, trois, dit Vache. Et… c'est tout ?
– C'est tout.
– Bon, dit Vache. Un, deux, trois. Pourquoi pas.

Et comme elle commence à s'en aller, Loup murmure :
– Mais… dis-moi, Vache : après trois, qu'est-ce qu'il y a ?

– Après trois ? dit Vache. Après trois, tu ne sais pas ?
Mais Loup, tu ne sais pas compter !

Et Vache part d'un gros rire,
d'un si gros rire qu'elle tombe
par terre, d'un si gros rire
que Lapin et Cochon,
qui n'étaient pas loin,
se joignent à elle pour rire aussi.
– C'en est trop ! hurle Loup.

Et il bondit. Et, pour la première fois, il attrape Vache.
Et il crie :
– Si vous ne m'aidez pas, je mange Vache !
– Bon bon bon, dit Cochon. Lâche Vache, on va t'apprendre.

Et il se met à chantonner :
– Un, deux, trois, nous irons au bois… Répète ! dit-il à Loup.

– Un, deux, trois, nous irons au bois, chantonne Loup.
Et il lâche Vache. Et il s'assied par terre.

– Quatre, cinq, six, cueillir des cerises… chantonne Lapin.
Répète, Loup !
Et il s'assied un peu plus loin.

– Quatre, cinq, six, cueillir des cerises… chantonne Loup.
Et il sourit, parce que c'est rigolo l'idée d'un loup
qui s'en va au bois pour cueillir des cerises.

– Sept, huit, neuf, dans un panier neuf… chantonne Vache.
Répète, Loup !
Et elle s'assied près de Lapin pour mieux voir Loup, parce qu'elle n'a jamais vu un loup qui sourit.

– Sept, huit, neuf, dans un panier neuf… chantonne Loup.
Et il sent le rire le gagner, parce qu'un loup qui porte un panier, ça, vraiment, il n'en a jamais vu !

– Dix, onze, douze, elles seront toutes rouges !
chantent ensemble Vache, Cochon, Lapin. Répète, Loup !

Et Loup répète, en riant bien fort :
– Dix, onze, douze, elles seront toutes rouges !

– Et alors, crie Loup Gris qui surgit tout à coup.
Mais qu'est-ce que tu fabriques ?

Et puis il voit Loup, et tout autour Vache, Lapin, Cochon.
Et il s'élance.
Aussitôt, Vache, Lapin et Cochon prennent leurs pattes à leur cou, et disparaissent.
– Mais, mais, mais… dit Loup Gris, tu les avais tous attrapés ?
– C'est pour ça que j'étais si long. Qu'est-ce que tu crois ?
À cause de toi, voilà, ils se sont échappés ! Il n'y a plus qu'à recommencer ! Va te cacher ! crie Loup bien fort.
Je compte !

Loup Gris s'éloigne tout penaud.
Alors Loup respire un grand coup, et tout haut,
pour que tout le monde l'entende, il compte fièrement :
– Un, deux, trois, quatre, cinq, six, sept, huit, neuf, dix, onze et douze !

Le jardin de Clara

Raconté par **Sandra Nelson**
Illustré par **Princesse Camcam**

Dans le jardin de Clara, il y a des petites…
et des grandes bêtes.

UN papillon jaune citron,

DEUX coccinelles toutes belles,

et **TROIS** grenouilles en vadrouille.

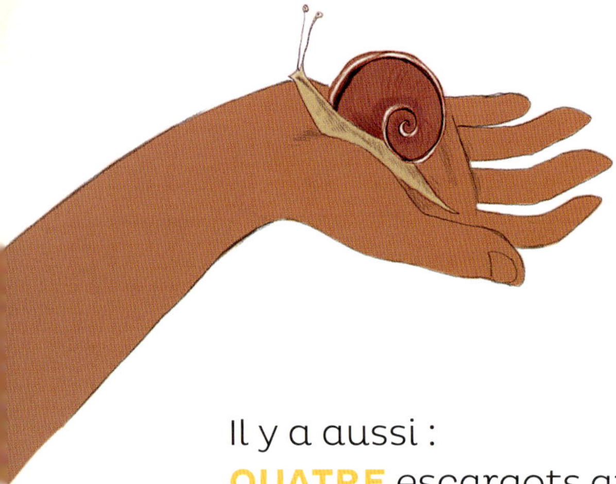

Il y a aussi :
QUATRE escargots avec de gros yeux,

CINQ fourmis qui font des guili-guili,

et **SIX** libellules qui filent à toute allure.
(Pourquoi sont-elles si pressées ?)

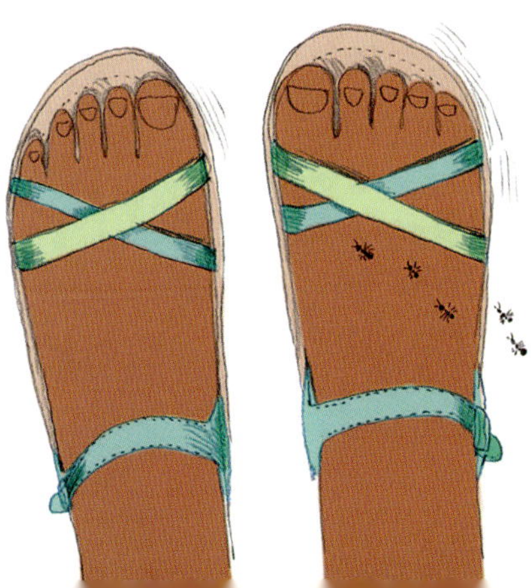

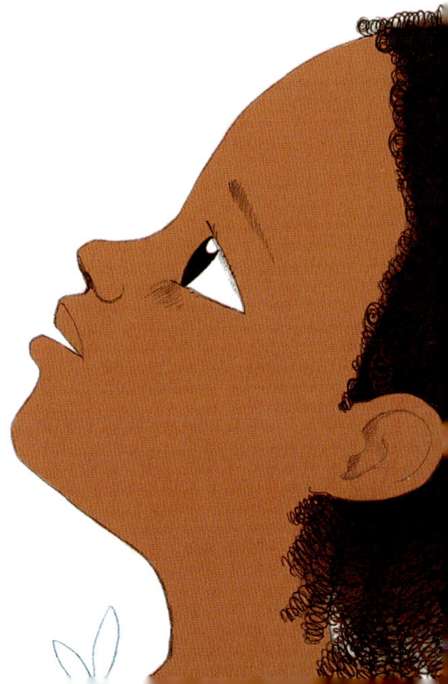

Dans le ciel, **SEPT** mouettes crient à tue-tête.
Comme ce serait bien de voler comme elles !

Minouche, la chatte de la voisine, est là aussi.
Elle s'est endormie avec ses **HUIT** petits.
Clara caresse les chatons. Ils sont si doux !

Soudain, un bruit de moteur cassé.
Vroum !
NEUF abeilles frôlent Clara !

Clara rit aux éclats
et mange ses **DIX** carrés de chocolat.

Quelle aventure, même pas peur !

à pas de loup

Raconté par **Zemanel** ★ Illustré par **Madeleine Brunelet**

Siou est un loup. Un tout petit loup.
Il n'aime pas rester seul, Siou.
Il aimerait bien suivre sa mère loup...
Seulement voilà, il ne sait pas encore marcher,
pas comme il faut.
– Tu m'accompagneras quand tu marcheras
comme un vrai loup, a promis sa maman.

Alors Siou reste là, le nez en l'air,
à compter les nuages et à soupirer :
– Ah si seulement je savais marcher
comme un vrai loup...

Tiens, voilà une grenouille qui passe.
Elle déplie ses longues pattes,
s'élance dans les airs et retombe par terre.

En haut en bas,
en haut en bas...

« Quelle drôle de façon d'avancer !
Peut-être faut-il faire ainsi pour marcher
comme un vrai loup ? se dit Siou. Essayons ! »

Et hop ! le voilà qui suit la grenouille !
En haut en bas,
en bas en haut...

C'est amusant, mais à force de sauter,
Siou a très mal aux pattes.

Non ! Visiblement, cette marche-là n'est pas celle d'un loup.

Tiens, voilà un papillon qui passe cette fois.
Il remue ses grandes ailes.

En avant en arrière,
en avant en arrière...

« Comme c'est curieux ! Peut-être faut-il remuer les pattes ainsi pour marcher comme un vrai loup ? se dit Siou. Essayons ! »

Et hop ! le voilà qui suit le papillon.
En avant en arrière,
en avant en arrière...

Siou remue ses pattes, le papillon ses ailes.
Le papillon s'envole haut, très haut dans le ciel tandis que Siou, lui, reste en bas, tout en bas sur le sol.

Non ! À l'évidence,
cette marche-là n'est pas celle d'un loup.

Tiens, encore quelqu'un d'autre !
Un serpent arrive à présent. Il glisse sur le sol.

De gauche à droite,
de droite à gauche...

« Comme c'est bizarre !
Peut-être faut-il glisser comme cela
pour marcher comme un vrai loup ?
se dit Siou. Essayons ! »

Et hop ! le voilà qui suit le serpent.
De gauche à droite,
de droite à gauche…

Sur le sable, sur les pierres,
sur les branches…
Que c'est fatigant de ramper
et de traîner son ventre par terre ainsi.

Non ! Vraiment,
cette marche-là non plus n'est pas celle d'un loup.

Tiens, qui donc voit-il cette fois ?
Un blaireau qui s'avance bougon, grognon.
Des pas fâchés et le sourcil froncé.

Un deux, un deux !

« Cela fait presque peur !
C'est certainement comme cela
que marchent les vrais loups,
se dit Siou. Essayons ! »

Et hop ! le voilà qui suit le roi des bougons.
Un deux, un deux !

Des pas fâchés, le sourcil froncé.
Un deux, un deux ! Facile pour Siou.
Mais ce n'est pas très drôle de garder le sourcil froncé
et de taper du pied à longueur de journée.

Non ! Décidément, cette marche-là ne va pas non plus.

– Je ne marcherai jamais comme un vrai loup,
se lamente Siou.
Et, à force de suivre tous ceux qui lui passaient sous le nez,
à force de sauter comme la grenouille,
de voler comme le papillon,
de ramper comme le serpent
et de marcher fâché comme le blaireau,
Siou s'est perdu.

Mère loup, de retour à la tanière,
ne retrouve pas son petit Siou.
Alors, un peu inquiète, elle l'appelle d'un cri de loup :
- **Aouuuuuuuu !** Où es-tu Siou ?
Siou ne marche pas très bien mais entend parfaitement.
« Vite, rentrons ! » se dit-il.

Et hop ! le voilà qui court aussi vite qu'il peut,
un peu n'importe comment :
sautant, volant, glissant, tapant du pied.

Le voilà qui finit par arriver près de la tanière.
Là, il hume la bonne odeur du goûter
que mère loup a préparé.

Alors, doucement, tout doucement,
il s'approche pour la surprendre et…
– **BOUUUU !**
Il pousse un petit cri de loup.
– Quelle surprise, je ne t'ai pas entendu arriver !
dit mère loup. Mais tu marches comme un vrai loup !

C'est vrai ! Comme un vrai loup ! Quelle joie pour Siou !
Ça y est, il sait marcher comme il faut à présent.
À pas tout doux, de ces pas que les oreilles n'entendent pas, de ceux qui courent doucement, bref… **à pas de loup !**

L'envol

Raconté par **Catherine Leblanc**
Illustré par **Yating Hung**

L'oisillon se blottit
tout au fond de son nid.
Coton, plumes et paille,
nid de lin, lit de feuilles.

Il se protège du froid,
il se méfie des chats.
Lit de pluie, bruit de l'ombre,
nid tressé, barque sombre.

Ses parents, ses amis,
tous l'appellent : « Viens ici ! »
Brin d'orge, fil de lune,
grain de blé, terre brune.

Il a peur de tomber,
d'être emporté, de s'égarer.
Bois cassé, fil d'épeire,
lit d'argile, nid de sorcière.

Il essaie, il s'élance,
il rate, il recommence.
Feuilles sèches, grains, poussière,
flèche en feu, cœur de verre.

Soudain, il ouvre ses ailes,
se déploie, crie de joie.
Pluie de pétales, lit d'été,
pollens, plumes, graminées.

Il s'envole droit devant,
il se pose sur le vent.
Luge de l'air, ciel ouvert,
bleu de neige, la lumière.

Espèce de cucurbitacée !

Raconté par **Nathalie** et **Yves-Marie Clément**
★ Illustré par **Louis Alloing**

Pépé Adrien se redresse et me crie :
– **Espèce de cucurbitacée !**
Regarde un peu où tu mets les pieds !
Tu viens de détruire une famille entière de radis !
– Mais, Pépé…
– Il n'y a pas de « Mais » ! Je suis en colère !

Pépé est vraiment en colère. Il ajoute :
– Et puis d'abord, on ne jardine pas
avec des baskets, parce qu'après,
il y a de la terre plein la cuisine.
Et tu sais bien que Mémé Mathilde
n'aime pas ça.

Tout en sarclant ses haricots,
Pépé Adrien continue de ronchonner
dans ses moustaches grises.

Moi, je l'aime bien, mon pépé Adrien.
Avec lui, je fais tout ce que je veux dans le jardin...
ou presque.
J'ai le droit d'utiliser les outils, même la pioche.
D'ailleurs, plus tard, je serai jardinier, comme lui.
Et, comme lui, je récolterai les plus beaux légumes du pays.

Mais aujourd'hui, je suis un peu vexé. Et même fâché.
Pépé Adrien y est allé un peu fort avec moi.
Tout ça pour une minuscule poignée de radis.
Il m'a traité ! Pépé Adrien m'a traité !
Mais il m'a traité de quoi, au fait ?
De « **cucu... de cucu... quelque chose** ».
Mince, je ne m'en souviens pas !
C'était pourtant un superbe gros mot !
Un gros mot énorme, gigantesque,
et si terrible que je me serais fait un plaisir
de le ressortir à l'école pour épater les copains.
Parfois, je pense que Maman n'a pas tout à fait tort.
Elle dit que j'apprends de bien mauvaises manières
avec Pépé Adrien, et que si ça continue,
finies les vacances à la campagne !
« **Cucu... quelque chose...** »
Aïe, aïe, aïe ! Si Maman avait entendu ça !

Cucu... Cucu...

Agenouillé sur une planche, Pépé Adrien soulève les feuilles sous lesquelles se dissimulent de beaux cornichons.
Il rouspète encore :
– **Ah ! Les cochons de cornichons !**
Ils sont allés se cacher dans les coins ! Les coquins !

Moi, je ne les aime pas, les cornichons.
Je préfère les fraises et les framboises.
Je me demande parfois pourquoi Pépé Adrien se casse la tête à faire pousser des horreurs pareilles !

Mais pour l'instant, je n'ai qu'une idée en tête.
Je voudrais que Pépé Adrien redise l'énorme gros mot de tout à l'heure.
Il faut à tout prix que je trouve une astuce pour le lui faire sortir.
Ça ne va pas être facile,
car Pépé Adrien est malin.
Et puis c'est un champion de gros mots.
Il en connaît des millions.
Il répète rarement deux fois le même.
S'il allait à l'école,
Pépé Adrien serait le plus fort de ma classe.

La tête en l'air et mine de rien, je me prends le pied dans l'anse de son panier, et je renverse tous ses cornichons. Mais Pépé Adrien me sort tout juste un :
– **Espèce de grosse citrouille !**

Alors je laisse tomber la pelle sur ses rangs de tomates. Il s'exclame :
– **Nom d'un haricot géant !**
Tu vas tout casser !
Cornegidouille de cornegidouille !

Je cueille une pomme verte
en passant.
Il s'écrie :
– **Tête de mule !**
Vas-tu les laisser mûrir ?
Saperlipopette !

Il regarde ensuite sa montre et soupire :
– Midi… Si c'est pas l'heure du repas,
alors qu'est-ce que c'est ?
Il jette un coup d'œil sur son jardin et ajoute :
– Et puis tu es en train de tout me massacrer.
On croirait qu'il y a eu la guerre, là-dedans.

On peut dire que c'est l'échec complet.
Comment s'y prendre pour lui faire dire enfin
ce gros mot extraordinaire ?

Après le repas, Pépé Adrien se contente d'un superbe :
« **Nom d'un canon de bazooka** »
quand je le bats aux dominos.
Mais hélas, toujours pas
de « **cucu… quelque chose** ».

– Branle-bas de combat ! s'écrie Pépé Adrien
après sa sieste, il est temps de retourner au jardin.

Là, c'est à moi de jouer !
Pépé Adrien va chercher les outils dans la remise.
– Pelle, faux, binette, râteau. Et surtout un bon chapeau,
car il va faire chaud, chantonne-t-il en enfonçant
sa casquette.

Il me donne le râteau et me dit :
– Cet après-midi, mon petit bonhomme,
on va s'occuper de ton potager. Et on va semer des…
– Des haricots ?
– Hum, non !
– Alors des petits pois ?
– Pas du tout ! Aujourd'hui nous semons des **cucurbitacées !**
Je n'en reviens pas. Je répète :
– **Des cu-cur-bi-ta-cées !**

– Tiens, prends ce paquet.
L'année dernière, j'ai gagné un concours avec ces graines-là.

Mais je ne l'écoute plus.
Pépé Adrien vient de redire le gros mot extraordinaire,
comme ça, sans se fâcher. Tout bêtement...
J'attrape le paquet de graines
et je suis du doigt les indications.
C'est écrit :

Graines de citrouille – Cucurbitacée
Variété vigoureuse, semi-tardive
(Semer de mai à août en pleine terre).

Je me mets à danser en chantant :
– **Cucurbitacées ! Cucurbitacées ! Cucurbitacées !**

Et toutes les graines de cucurbitacée jaillissent hors du paquet.
Cette fois, Pépé Adrien n'est vraiment pas content.
Il devient tout rouge et s'écrie :
– **Espèce de cornouiller !**
Je n'ai pas besoin d'un clown dans mon potager.
File d'ici, avant que j'explose !

Pas question d'insister.
Je cours vers la barrière.
Je vais aider Mémé Mathilde à faire ses confitures.
Une fois de plus, Pépé Adrien est fâché contre moi.
Mais quand même, de là à me traiter !
Mais il m'a traité de quoi au fait ?
De « **cor... de cor... de cor... quelque chose** » !